都梁的星空

管峻题

成思 著

作家出版社

作者简介

成思，字长忆

导演、编剧、诗词作者。

生于都梁，长于金陵，自高中始尝试创作电影剧本，同时发表新诗、小说，后重读华夏经典，自学格律与吟诵。

2009 年开始独立拍摄广告及宣传片，为歌唱家阎维文、白雪、杨光、李晖等拍摄多部 MV。

2012 执导首部长片电影《绿柠檬》。

2019 年至今与多位作曲家合作，创作各类风格歌词。

2022 年出版诗集《慕远》。

导演 / 编剧电影作品《绿柠檬》《小脑工作日志》《同道星座》《炊烟 黄土 大洼人》《水上兵工厂》。

目录

一七言绝句一

歌词

家之根　国之魂

一滴甘泉滋润我纯真的灵魂，
一方厚土抚育我朴素的青春。
温良恭俭让，古训当修身。
家有根，国有魂，
道义胸中存。

一腔热血浇灌我炽热的心魂，
一寸山河呼唤我不凡的青春。
忠诚的信仰，无私的精神。
家之根，国之魂，

浩气满乾坤。

壮哉我少年，
敢为天下先。
为中华之崛起，
驰骋山河日月间。

美哉我少年，
昂首新诗篇。
看中华之崛起，
屹立山河日月间。

家之根，国之魂
扫码视听

家之根 国之魂

成思 作词
张蒙 作曲

歌词：

一 滴 甘 泉
一 腔 热 血

滋润我 纯 真 的灵魂， 一 方 厚 土
浇灌我 炽 热 的心魂， 一 寸 山 河

抚育我 朴 素 的青春。 温 良 恭 俭
呼唤我 不 凡 的青春。 忠 诚 的 信

让， 古 训 当 修 身。 家 有 根， 国 有
仰， 无 私 的 精 神。 家 之 根， 国 之

魂， 道 义 胸 中 存。 壮 哉 我 少 年，
魂， 浩 气 满 乾 坤。

敢 为 天 下 先。 为 中华之崛 起， 驰 骋 山 河 日 月 间。

美 哉 我 少 年， 昂 首 新 诗 篇。 看 中华之崛 起， 屹 立 山 河 日 月 间。

看 中华之崛 起， 屹 立 山 河 日 月 间。

都梁的星空

自由地翱翔，穿越古城天际旁。

深情地凝望，摇曳淮水清波上。

迢迢银汉，咫尺星光，

九天圣境，七辰闪耀东方。

灿烂的星空，洒落壮美的都梁，

五彩天泉湖，谁在湖心中徜徉。

锦绣河山，天地煌煌，

无边胜景，你我心生向往。

恋恋星空，梦回都梁，

浩瀚星空，无尽遐想，

云霄千万里，谁在风中吟唱，

花朝月夜，你我寻梦山乡。

都梁的星空
扫码视听

都梁的星空

成思 作词
张蒙 作曲

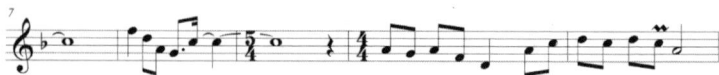

自由地翱翔，穿越古城天际旁。

深情地凝望，摇曳淮水清波上。迢迢银汉，咫尺星光，九天

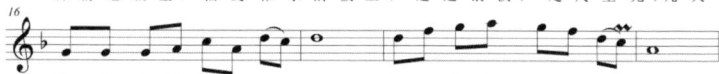

圣境，七辰闪耀东方。　恋恋星空，梦回都梁，

浩瀚星空，无尽遐想，云霄千万里，谁在风中吟唱，花朝

月夜，你我寻梦山乡。　灿烂的星空，洒落壮美的都梁，

五彩天泉湖，谁在湖心中徜徉。锦绣河山，天地煌煌，无边

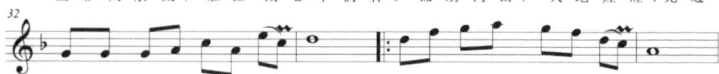

胜景，你我心生向往。　恋恋星空，梦回都梁，

浩瀚星空，无尽遐想，云霄千万里，谁在风中吟唱，花朝

月夜，你我寻梦山乡。　花朝月夜，你我寻梦山乡。

情寄黄花塘

说不完感慨万千，
道不尽恩情无限。
悠悠淮河水，
浇灌金色的家园。
我是你幸福的孩子，
情深意切，梦绕魂牵。

飘散了滚滚硝烟，
远去了战火连绵。
风雨黄花塘，

洗礼岁月的沉淀。
我是你幸运的孩子，
生生世世，血肉相连。

忘不了那阵阵飘香百家饭，
唇齿相依多温暖。
你赐予我光荣的名字，
谱写青春无憾。

望不尽这延绵万里好江山，
熠熠生辉多灿烂。
我接过你庄严的旗帜，
踏破沧海波澜。

情寄黄花塘
扫码视听

情寄黄花塘

成思 词
张蒙 曲

说不完 感慨万千，道不尽 恩情无限。悠悠
飘散了 滚滚硝烟，远去了 战火连绵。风雨

淮 河 水，浇灌金色的家 园。 我是你
黄 花 塘，洗礼岁月的沉 淀。 我是你

幸福的孩子啊，情深意切，梦绕魂牵。 世世，血肉相连。忘不
幸运的孩子啊，生 生 望不

了那阵阵飘香百家饭，唇齿相依多温暖。你赐予
尽这延绵万里好江山，熠熠生辉多灿烂。我接过

我 光荣的名 字，谱写青 春无 憾。
你 庄严的旗 帜，踏破沧 海 波

澜。 你赐予我 光荣的名 字，谱写 青 春

无 憾。 我接过你 庄严的旗帜，踏破

沧海 沧海波 澜。

轻歌吟

风轻，心如水静，
晨夕间，迷人旋律多温馨。
如果，还有青春的足迹，
留给我，化作斑斓的梦境。

落英，秋水盈盈，
唇齿间，诉说岁月的牵萦。
是否，踏上青春的足迹，
寻觅我，繁花无限的憧憬。

依稀红尘三十载，

一梦芳华涌心怀。

轻歌婉婉笑别桃李金钗。

冬去春来最是缤纷多彩。

依稀红尘三十载，

一梦芳华涌心怀。

夜曲悠扬沐浴七色尘埃。

轻舞霓裳如梦伊人犹在。

轻歌吟
扫码视听

轻歌吟

成思 作词
张蒙 作曲

歌词：

风 轻，心如
（落）英，秋水

水 静，晨夕 间，迷人旋律多温馨。如果，还有青春的 足
盈 盈，唇齿 间，诉说岁月的牵萦。是否，踏上青春的 足

迹，留给我，化作斑斓 的 梦 境。落
迹，寻觅

憬。 依稀红尘三 十 载， 一梦芳华涌心

怀。 轻歌 婉婉，笑别桃李 金钗。冬去 春来，最是 缤纷多
夜曲 悠扬，沐浴七色 尘埃。轻舞

彩。 霓裳如梦伊人犹 在。D.S. 夜曲 悠扬，沐浴

七色 尘埃。 轻舞 霓裳如梦伊人犹 在。

与微笑同行

每一轮旭日交相辉映，
每一抹星辰如影随形。
每一片山海霞光万丈，
每一座城市灯火通明。

每一首欢歌唱响未来，
每一张笑脸热忱相迎。
我们团聚幸福时光，
带着梦想与微笑同行。

好一个神清气爽，好一个心旷神怡，
呼吸这醉人的空气，甩掉一切烦恼事情，
Walk Along With Smiles，一起快乐前行。

好一个大千世界，好一个温馨家庭，
呼吸这自由的空气，拥抱一切最美风景，
Walk Along With Smiles，绽放多彩生命。

Walk Along With Smiles，
我们与微笑同行。
Walk Along With Smiles，
每一天都有好心情。
春风长伴，友谊常青，
天南地北共欢兴。

Walk Along With Smiles，

我们与微笑同行。

Walk Along With Smiles，

每一天都有好心情。

喜乐相随，举杯同庆，

欢声笑语永不停。

与微笑同行
扫码视听

与微笑同行

Walk Along with Smiles

成思 作词
张蒙 作曲

Voice 1

每
（每）

一轮旭日 交相辉映，每一抹星辰 如影随形。每
一首欢歌 唱响未来，每一张笑脸 热忱相迎。我

一片山海 霞光万丈，每一座城市 灯火通明。每
们团聚幸

福时光，带着梦想与微笑同行。Wal-k

Along with Smiles　　　Wal-k Along with Smiles

我们与微笑同行。　　每一天都有好心情。

春风长伴，友谊常青，天南地北共欢兴。Wal-k

27

Along with Smiles　　　　　　　Wal-k Along with Smiles

我们　与　微笑　同行。　　　每　一　天　都　有　好　心　情。

31

喜乐相随，　举杯同庆，　欢声笑语永不　　停。 **D.C.**

35

（说唱）好一个神清气爽，　好一个心旷神怡，　呼吸这醉人的空气，
　　　　好一个大千世界，　好一个温馨家庭，　呼吸这自由的空气，

38

甩掉一切烦恼事情，　Walk Along with Smiles　Walk Along with Smiles　Walk Along with Smiles
拥抱一切最美风景，

42

1.　　　　　　　2.

一起快乐前行。　　　　Wal-k　Along with Smiles　　　　Wal-k

1.

绽放多彩生命。　　我们　与　微笑　同行。

46

with Smiles　　　　喜乐相随，　举杯同庆，

每一天　都有　好心情。

欢 声 笑 语 永 不　停。　　Walk　A - long　with Smiles　　Walk　A - long

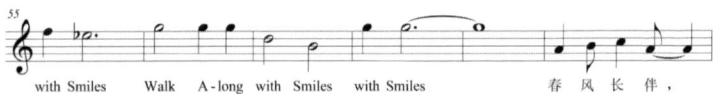

with Smiles　　Walk　A - long　with　Smiles　　with Smiles　　　春 风 长 伴，

友 谊 常 青，　天 南 地 北 共 欢　兴。　　喜 乐 相 随，

举 杯 同 庆，　欢 声 笑 语　永 不 停。

花香怒放

带着你的祝福，种下多彩繁花。

带着我的期盼，收获最美年华。

我们一路同行，看那江山如画。

我们一路前行，走过春秋冬夏。

芳香四溢千万家，

怒放青春迎朝霞。

随风游四海，

相约共天涯。

芳香四溢千万家，

怒放青春咏光华。

欢歌传四海，

幸福满天下。

花香怒放
扫码视听

花香怒放

成思 作词
张蒙 作曲

带着你的祝福，种下多彩繁花。带着我的期盼，

收获最美年华。我们一路同行，看那江山如画。

我们一路前行，走过春秋冬夏。　　　芳香四溢

千万家，怒放青春迎朝霞。　随风

游四海，相约共天涯。　芳香四溢千万家，

怒放青春咏光华。欢歌传四海，

幸福满天下。D.C.欢歌传四海，

幸福满　　天下。

寻梦全南

轻云漫漫，月影姗姗，
任熏风荡漾这溪水潺潺。
雅言作乡音，瑶歌咏篱院，
缕缕茶香，甘润心田。
多留连，这迷人的彼岸。

回眸千载，如梦如幻，
任旭日喷薄这南国青川。
古来他乡客，围屋话团圆，
百年星光，今宵灿烂。

多感慨，这动人的江山。

天龙胜境探新天，
十里桃江梦桃源。
四季不凋青春色，
八方来客心相连。

火炬亭上正衣冠，
红色薪火永相传。
四季繁花青春在，
最美竿歌颂全南。

寻梦全南
扫码视听

寻梦全南

成思 作词
张蒙 作曲

轻云漫漫，月影姗姗，　任熏风荡漾这溪水潺潺。
回眸千载，如梦如幻，　任旭日喷薄这南国青川。

雅言作乡音，瑶歌咏篱院，缕缕茶香，甘润心
古来他乡客，围屋话团圆，百年星光，今宵灿

田。多留连，这迷人的彼岸。天龙胜境探　新
烂。多感慨，这动人的江山。火炬亭上正　衣

天，十里桃江梦桃源。四季不凋
冠，红色薪火永相传。四季繁花

青春色，八方来客心相连，心相
青春在，最美笙歌颂全南，颂全

连。最美笙歌颂全南。
南。

山爸山妈

冰花，房檐下的冰花，
点点泪珠看不清远方牵挂。
你用尘土编织了梦境，
播种田园的芬华。
缕缕炊烟拥抱着清风晚霞，
一桌好饭，几杯清茶，
这是我梦中思念的家。

山花，红旗下的山花，
拂面春风望不尽烟影如画。

你用智慧指引着灯塔，

点亮多彩朝霞。

琅琅书声诉说着金色童话，

相依相伴，亲密无邪，

这是我心中向往的家。

请让我再叫声最亲切的名字，

我敬爱的山爸。

感恩你辛勤的教导，

不负我青春韶华。

给我难忘的家。

请让我再叫声最温暖的名字，

我亲爱的山妈。

感谢你温柔的呵护，

长伴我锦绣年华。

给我永恒的家。

不知不觉，我已悄悄长大，

我们一起守护这幸福之家。

山爸山妈（独唱版）　山爸山妈（对唱版）
扫码视听　　　　　扫码视听

爱酒一生

敬苍天，一樽陈酿醉心弦。

邀明月，对酒当歌齐欢颜。

抒豪情，赤诚之心常奉献。

言壮志，敬畏之心永不变。

漫漫长歌咏千年，

真心英雄情深远。

临风把酒祝君好，

爱酒一生皆是缘。

爱酒一生
扫码视听

乡　贤

念念故乡景，

悠悠桑梓情，

白首盼归来，

不负千里行。

看那广袤无垠的大地，

有你平凡的背影。

反哺众乡亲，

拳拳赤子情，

灯火万家处，

老少乐相迎。

看这日新月异的家园，

是你不凡的使命。

亲爱的乡音、乡土、乡里人，

守护我温暖如初的乡魂，

贤德仁爱不忘本，

世代永留存。

难忘的乡思、乡愁、乡里人，

感动你慷慨奉献的青春，

雨露芬芳多滋润，

落叶已归根。

苍 葭

青青草木映丹泉，
灼灼繁花望云天。
一抹红尘青黄色，
郁郁芬芳香满园。

谁看见盛唐的烟花在飞舞，
谁听见雅宋的轻歌在蔓延。
那一片五彩斑斓的世界，
留给我生生不息的眷恋。

苍苍葭苇月中眠，
点点繁星照人间。
一梦千秋心如雪，
悠悠礼乐度华年。

我看见古老的江河正流淌，
我听见清新的夜雨正缠绵。
这一片纯净无邪的世界，
留给我永不凋零的春天。

北大仓·君妃

一湾清泉水，
浣纱鱼儿醉，
依稀倩影画中游，
疑是故人归。

一江东流水，
塞外烟云追，
古道歌声引君来，
百梦伊人归。

一溪甘泉水，
聆风把月吹，
珠光剪影空自去，
清波迷人醉。

一樽红尘水，
玉露映琼妃，
千载流霞香如故，
谁与佳人醉。

话古今，意相随，
叹红颜，赋春晖。
北国今昔多壮丽，
四季风雨酿精髓，
请君入梦来，

共饮一香醅。

话今宵，遥相会，
迎贵客，品君妃。
北大仓人同举杯，
百年佳酿多回味，
与君长相伴，
共赏人间美。

北大仓·君妃（独唱版）　北大仓·君妃（音舞诗画）
扫码视听　　　　　　扫码视听

北大仓·君妃

成思 作词
张蒙 作曲

♩=60 优美地

Voice

一湾清泉水，　浣纱鱼儿醉，　依稀倩影画中游，
一溪甘泉水，　聆风把月吹，　珠光剪影空自去，

疑是故人归。　一江东流水，　塞外烟云追，
清波迷人醉。　一樽红尘水，　玉露映琼妃，

古道歌声引君来，　百梦伊人归。
千载流霞香如故，　谁与佳人醉。

话古今，意相随，叹红颜，赋春晖。
话今宵，遥相会，迎贵客，品君妃。

北国今昔多壮丽，四季风雨酿精髓，
北大仓人同举杯，百年佳酿多回味，

请君入梦来，　共饮一香醇。请君入梦来，
与君长相伴，　共赏人间美。与君长相伴，

Coda

共饮　一香醇。共赏　人间美。
共赏　人间美。　D.S.

词

巫山一段云·过汴梁

古道无人迹，残宫永夜宁。

寒泉死水客舟行，暗雾葬繁星。

遗子凄凉梦，君王身后名。

江山如故意难平，何处话衷情。

巫山一段云·早春宿金陵夜记梦

士子乘风去，吴姝踏梦来。

春江一夜雪皑皑，逐影弄瑶钗。

相约前尘路，重逢烟雨台。

六朝金粉乱西斋，离曲醉秦淮。

长相思 · 遥寄隽溪

雾朦胧，雨朦胧，醉里残灯一抹虹，离歌抚旧容。

情空空，意空空，幻影伊人永不逢，孤心锁月笼。

长相思 · 浪迹

千里行，万里行，寒雨凄风永不停。纷飞故国情。

天无明，地无明，离索今宵别圣灵。荒山任转萍。

忆江南·燕山囚

人归去，夜尽梦残留。

汉月凄凄埋盛夏，胡风瑟瑟葬深秋。

白发少年愁。

忆江南·重游天龙寺

斜阳近，红叶醉岚山。

尺八悠扬追逸客，南萧悦耳唤青莲。

如梦水云间。

相见欢·**塞外寻人**

　　繁星散，落荒原，望人间。屡影唐楼何处忆红颜。

　　塞上雪，阴风烈，更无眠。别了今生遗恨葬心田。

相见欢·背影

　　梨花碎，落烟林，雨淫淫。长伴西窗残影到如今。

　　空怅望，多迷惘，叹浮沉。从此天涯异路不相寻。

清平乐·登摩星岭

苍冥杳渺，彼岸临风眺。隐隐星灯天欲晓，踏浪飞鸥独啸。

往来迷路行人，彷徨踱步朱尘。回首香江幻影，忽而一梦终身。

清平乐·神田寻墨

哀声不止，多少凄凉事。远渡东洋寻故里，遥叹神州四季。

舶来桃李春风，书香墨韵浓浓。可奈汉唐遗子，转生何去何从。

浪淘沙·不惑之惑

把酒忆当年，遥望青川，疏星点点落尘寰。
往事纷飞人已醉，无尽波澜。

独坐夜行船，摇曳孤山，一江春雨一江寒。
了却今生鸿鹄志，不复人间。

浪淘沙·南海遗梦

玄鸟不归巢，离落孤梢，空楼望月太清寥。
半壁江山犹万里，四海行朝。

故国烟雨遥，遗梦今宵，崖门烈火唤英豪。
待到王孙还醒日，天下同袍。

五言绝句

夜游东大寺

朱雀锁长庚，
青肤卧草棚。
和风追汉月，
掠影奈良城。

穷　途

少小凌云志，
残年度亡臣。
他乡多客冢，
不见后来人。

大唐残影

御水天龙寺，
岚山古渡头。
梵音寻过客，
净者不闲游。

镜中人

白发裹青丝，
藜光映左垂。
浮生还夙愿，
一念一无为。

夜困西山

骤雨葬茅庵，
飞沙落黑潭。
遗民思故土，
日夜梦江南。

镰仓访友

漫步小町通，
茶香醉羽虫。
开樽迎故友，
乐道此相逢。

榆关无胜景

独步远山行，

尘霜碾落英。

朝来云断日，

夜半雨心惊。

乡 祠

寒风生浩气，
素雪逝芳魂。
落叶追先祖，
清歌伴子孙。

古路园村

国在山河破，
冰霜锁断崖。
满门皆忠烈，
四海不归家。

脱 羁

修心不问禅，
诗酒荡云川。
本是逍遥客，
乘风赴狎筵。

谢幕之后

柳巷多情客，
花间醉意浓。
伶人无自爱，
云雨乐相从。

安德门外

熏风暖浚房，
室女正梳妆。
举目观星火，
思君不远航。

七言绝句

致 儿

修身岂为今生利，
论德何须后世名。
大道通天无绝路，
长留自在与风行。

艮岳遗石

草木稀疏落叶亡，
空楼不见故人乡。
悬河独啸东风逝，
隐隐悲歌泣国殇。

李夫人

春光即逝入寒城，
月影昏黄未五更。
有梦飘零天国雪，
轻纱帷幕伴终生。

愚　人

手捧金光不老身，
穷街陋巷度凡人。
吾生自有还魂术，
一跃青天戏鬼神。

归 土

朝来暮去卧虹楼，

别梦萦回永不休。

一晃人间千尺雪，

余生独坐夜行舟。

探秘神保町

曾经渡海训倭奴，
末日烽烟斩异途。
往世恩仇终不复，
樱风漫卷汉唐书。

告 别

红尘烛影盼云霄，
异度荒山永寂寥。
咫尺泉乡无觅处，
斯人已过奈何桥。

回首碑亭巷

耳畔轻歌月下吟，
熏风夜暖旅人心。
红颜已逝春江在，
倚坐西窗自抚琴。

戏楼胡同

十地圆通遍地愁，
群魔乱舞戏光头。
草民不识空门路，
烟火人间任我游。

伶人法事

衣冠楚楚迎神棍，
粉末朱颜接梦魇。
百味人生多自扰，
何将苦乐付阎罗。

冷　宫

杂草丛生漫水涯，
残垣断壁酿燋花。
黄粱一梦谁人醒，
落月嬉游井底蛙。

钟山谒忠魂

青天白日映瑶池，
古刹悬铃绿满枝。
壮士仙游千万里，
归来已是未来时。

现代诗

某年某日江户城

这温柔一箭，

刺痛了初雪　韶光重现。

宛如睡意蒙眬的长庚星，

郁郁累累　将寒冬吞咽。

在枯草缤纷的千代田，

遥想繁花一片。

有和风醉卧耳旁，

有轻纱迷惑双眼，

还有流亡多年的

木席、竹笕、几轴残卷。

寅时默读

长天圣火，
巍巍船山久卧。
梦华呓语雪中眠，
你我擦身而过。

白银枷锁，
区区皇城两座。
晚生不渡枯水河，
一晌濠梁独坐。

一米画廊

围炉，
待晞景复苏。
大千世界，白石滩涂，
不及番邦几粒璇珠。

行廊凤苑，
忽而歌管玉凫，
惊了八方小人儒。

奉金主，

锁千家夜符，

一米残垣，半壁诗图。

仙 居

日行五源头，
夜宿陵水角。
醉里琼山万绿红。
只手云中鹤。

朝起酿精华，
晚来食糟粕。
长吟客舍旅人歌，
此间最安乐。

雪光遗痕

燕云十万里，寰宇中央。
永夜梨花吹，尽落寒床。
可知壶天日月，
依稀最难忘。

思我故林春晓，
忆我百越骄阳。
莫道冰川上，
与尔心锁南疆。

潮落桂林洋

浪头听雨，

污浊翻腾这悠远的思绪。

葬一片星火渔舟，

化作西方神秘的岛屿。

逐云而居，

追赶那逍遥的神仙眷侣。

泛一叶孤海轻舟，

摇摆天边，无来无去。

流　放

时来奴颜侍者，
时来白发逋翁。
翘首于南屏山下，
长饮寒泉吐春风。

昔圣土，
暮色深浓。
千古哲人归去，
旧雨难逢。

松烟里，慧云中，

一行胡雁何从。

蜡梅含苞时

月上头陀岭，

观正气亭之重影。

晚来幕府残灯，

古刹，星楼，烦扰三径。

叶落神坛，

寒香于深林苏醒，

倾耳梵音，恍如梦境。

话闲愁，

横塘作荒景，

呓语更阑人静。

砍伐者的椰林

风止树不静，
掠影无形。
踏琼崖之残壁，
尘满烟云，碎石穿星。

葬甘泉于污水，
寻野芳于山陉。
一隐者蜷缩红土，
凿刻那动人的墓志铭。

天空之镜

做一双宿醉的游船，
拨断桨于山水之间。
无忧者的轻歌纷扰星月，
夜上繁灯争相入眠。

哓岸凭栏，
乌篷独饮孤餐。
在梦幻的烟波里，
看不清倒影的徂颜。

旧祠堂

狐尾青青沐斜阳，
飞檐祈雨戏残芳。
黎歌唤游子，
摇橹渡南江。

自梳女，新嫁娘，
白沙追浪水云乡。
久梦团圆日，
归来不远航。

造 席

斟满此杯，

一饮珠光梦乍回。

朦胧的金屋碧瓦，

轻轻抖落那长眠的五彩尘灰。

天地皆重影，

往来后生犹作陪。

绚烂的他乡焰火，

纷纷融化了忧伤的永夜寒梅。

再满此杯，

一捋青丝鹤发垂。

礼　花

驻足，

闻东方夜曲，

玄同万物余音宛笃。

四野苍生尽享繁华，

广厦千家唯我独宿。

游离在天圣嘉年，

忘情于祥兴水木。

也叹车马惊驰，

尘如星雨夺目。

卧金屋，
围炉一闪风烛。

在坪洲

破碎的容颜，
晃目于镜中的火山之巅。
霞光已逝，
东风未眠，
醉泊渔家问团圆。

入春海，
沙尘翻滚那子夜金滩。
追银汉，
雨泣云端，
一纸泷船。

小 站

轨落而车不停，

呼啸穿行。

当夜归人木然奔走，

寂寞，还是颗沉眠的长庚星。

任火花肆意抽打，

看雪光擦亮熙冰。

荒城之月，

无影无形。

再从小站出发，

挥别遗梦飘零。

此江湖

我丢失了家乡的气味，
带走无边沧海的原罪。
悬铃寄居落日而消亡，
游荡天宫入鹬尾。

暮色深浓，
一汪寒月春水。
故人挥舞着六朝禅衣，
此去无归，孤心沉醉。

异路行，

我吞咽着冰火的滋味。

沙茶香

舒缓眉头，
澄阳刺痛山野青眸。
盘桓这蔚蓝水域，
一行侪侣，几叶虚舟。

渔舍，渔舍囚，
空载百味珍馐。
黎人自渡八荒四海，
无边世界，烟火云楼。

阴阳镜

迷人而慵懒的温度，
任海风撕破满城曀雾。
流淌华梦之星辰，
向紫月山亭争相摇橹。

孤者不耐行朝，
独饮八方寒露。
唯有这四季如夏的边村，
幻作童年的乐土。

门下挥毫

瘠田二亩，

葬朱门败柳，

唯丹青与雾永相守。

乌水悬梁，

荧烛青镂，

一纸江山如旧。

何乐哉，

万国衣冠来叩，

诸子门前肃老九。

噫吁哉，
孝钦显皇后，
回魂阴空追谬丑。

落笔留白，
长吁："炎黄世胄……"

竹 笼

踌躇小儿入学堂，
诸子门前不焚香。
华服浸染青红色，
紧随庸者拜人王。

满口胡言吹孝道，
师心自是更轻狂。
可怜后生无处去，
乌云之上一束光。

访客不归

神色慌张的老友，
向空山僻野疯狂呼救。
谁封死你来时的归途，
在落叶丛中微微颤抖。
苦海茫茫，
孤心怒吼。

而那姿态优雅的受刑人，
在天堂入口悄悄等候。
也踏平过客穿梭的迷途，

向万丈红尘蓦然回首。

业海深深，

难分左右。

悬丝论道

暮上微霄，
断裂千年的歌谣，
一窗丝雨邪眺。
鸿儒异首，
僧道同袍。

隐作山樵，
皇书引火陋檐烧，
半生痴语谈笑。
武林旧事，
西子寒潮。

别梦河原町

夜明霜满城郭，
大道斜影斑驳。
一渠断山泉，
无声饮沙漠。

远观盛夏祥云，
何愁金风离索。
一盏醉东洋，
孤心在河洛。

关门大吉

竹笼与我，
一缕青丝杻锁。
千里江山图，
庶子同袍禅坐。
渗疠当街，
痴行遗堕。

化天地之幽灵，
吹梦粱之焰火。
念念至和君，

游子分身蜷卧。

锦绣年华，

依稀别过。

七日摅虹

暮啸，楝绫飘，

雨作丝竹慰清寥。

多生不惑，

金粉掠眉梢。

夜复，鹊河遥，

熏风泥絮醉林魈。

晴虹犹在，

落英踏柳桥。

铁 锈

在南方祠堂的枯藤里，
涂抹繁霜的印记。
任风沙扫落朱颜，
任神灵屈身怀玺。
满目云烟，
满目空心蝼蚁。

在南海星光的玄河里，
流淌初生的华丽。
待潮汐肃肃凄吟，

待沙鸥无处迁徙。

一睹尘寰，

一睹灯宵儿戏。

月 台

相见桑榆晚，
尘影追风瞵盼。
羽叶稀稀，
歇枝灿灿，
踽步黄昏波罗岸。

人约未来时，
月影栖风颓叹。
泫露姗姗，
纤歌漫漫，
一念痴心多流转。

青砖下

浮休者，
泣立空楼寒舍。
长生古道之余霞，
戚戚残风碎瓦，
天阶陛下，
莫闻殇宫九寡。

薛禅者，
倨傲殷山岐社。
粉墨金瓯之荣华，

隐隐哀鸿肃驾，

胡园烈马，

炫目青砖遗画。

忆南庭

百花灵渠洛阳水，
金石空山美，
野鸟重檐齐飞，
华灯不夜星纬。
伏首红门，
千帆多暮岁。

亭台烟柳梧桐尾，
御所钟声碎，
吴音最是缠绵，

解道东风祥瑞。

月满乌丸，

余人当宿醉。

一串假名

御墨仰天戈，
玫阶素叶荷。
生生死死无穷事，
野火送秋娥。

观史册，咏长歌，
黔首叹东倭。
生生世世无丁字，
一页一愁魔。

邮　戳

乱纷纷，
谁的朱笔残文，
相送知音话九宸。
留别青山外，
永夜昆仑。

更纷纷，
谁的漫笔长文，
相逢已是雪中痕。
疾走他邦路，
查无此人。

非礼问道

人人不畏人人，
漫道长天九神。
何以秦风训诂，
千秋万世王臣。

仁仁不耐仁仁，
一书制艺独尊。
遥观周公吐哺，
生死昙花落魂。

莫惜少年时

以苔痕为刻度，
邻船山而独处。
夜把瑶筝揽入怀中，
星海多生情愫。

地道的乡音回味悠长，
俊美的峨冠一一作古。
紧锁那窗橙色深空，
不惜人间繁庶。

雁足留书，

与尔天涯徐步。

孤岛成双

丝丝醉耳，
夜幕柔和也狰狞。
幽远的金帐汗国，
枕边的靖节之声。

有梦查杳冥冥，
四方海啸狼顾麇惊。
若然身陷囹圄，
自怨朽物多情。

人之上，

更有一粒孤岛，

对影无形。

深井卧禅

没有宣和的颜色，

飞舞那诱人的光泽。

在红日苏醒时，

在浮华归来日。

天愁愁，地愁愁，

难渡业海的云舟。

翻开尘封的史册，

放眼那迷人的乌黑。

或今生无牵挂，

或前世不相识。

苦悠悠，乐悠悠，

静卧深宫的夜流。

勾魂册

维兮维兮，
无所相依。
哲人言聚散，
芳草话流离。

阔矣阔矣，
神鬼相痴。
生君勾魂曲，
亡者梦中啼。

逐水逐水，

泊尔心追。

但求江南路，

何曾不须归。

如斯如斯，

落夜栖迟。

武林翻旧事，

一页一轮回。

胡 床

观星云忽而岑寂，
请小心空隙。
聆轻风自在悠然，
请小心空隙。
欲登天重生幻景，
请小心空隙。

流四季之夷歌，
撤君子之贤德。
久坐燕山断崖，
阅尽人间秋色。

白皮球

有如风烛残年之模样，
粗糙的肌肤隐隐泛黄。
卧琼台醒而复睡，
游离之间，岁月悠长。

鲜有孩童嬉戏玩耍，
褪色的家园碎影重光。
踏天河心如止水，
弹跳之间，一抹晨阳。

草 笼

春光即逝入寒城，
月影昏黄未五更。
青鸳瓦，琉璃灯，
一竹残笫一瓜棱。

老汤尢人饮，
新芽雨木冰。
自度长歌惜阑夜，
囚笼深处望天明。

137

花园深处

全靠单车来通行，
却把月轮浣洗双旌。
茫然着茫茫云海，
款步着款款深情。

只此围城，
无处更生。

忆恋花火作人形，
缕缕佛香昼夜不停。

醉里三丁目，

满地烟雨残樱。

脱逃术

施以自由身，
击穿法力无边之屏门。
月朗朗浮生若梦，
夜沉沉人鬼难分。

何以自由身，
踏破千疮百孔之余痕。
一步一碑首，
残垣缥缈连村。

无以自由身，
刺链紧锁心魂。
星移斗转，
重生落草时分。

透 明

从容地，在雨中游戏，
不闻檐廊钟声四起。
水光刺破梦的心窗，
悬铃木下，三五知己。

寻秋风而无趣，
葬昙花落满桌椅。

一尺胶片的朦胧，
融不尽时光倚徙。

任由你擦拭灵眸，

撕开，我的少年日记。

祇园无我

铜铃修竹响，
锦书犹唱，
前人絮语空怅望。
左右当拾遗，
野马青春无恙。

有我羲皇，
万国风尚，
扶摇千载多神往。
雾里攀祇园，
与天降。

广　场

左右平安京，
僧马儒行，
衣衫华丽度王庭。
白夜囚歌千思语，
雾幕走苍鹰。

冥冥画中影，
岁月无情，
隔世烟云葬寒樱。
飞霜不恋江南雨，
客土梦金陵。

无调之义

呼吸，
无所习。
满文呓语同声，
开卷不可亲聆。
讲坛之上，
页页深情。

更籍，
有所惜。
风烟鼠尾传经，

天道不作昏明。

神坛之下，

字字绝情。

近乡音

纵然好风景，
无意秋思难助兴。
内外秦淮，
离索天人相应。

忘步熹园影，
不舍家国陈宫镜。
玉语多情，
别来余生猛醒。

骑楼掠影

无意间神游于你，
喧嚣鱼龙百戏。
蜃影廊房，
万株黄花丛倚。

不欲行，
杯中凝睇。
一人一物映琼楼，
离索相思意。

乎尔，

好个浮生若寄。

沸 点

隐作一团水草，
雾霏衍涝，
与秋粮共饮移樽，
鸟瞰江翻海扰。
是暮景流光，
是童颜幻耀。

惜晚矣，
心无所乐，
化天下九转铜炉，

燃尽西风狂啸。

这空冥，

赋我苍烟独好。

向仙峤而去

读出个圣人吗？
开卷争风雅。
忘我心无所属，
学海不须暇。
楚歌苍凉，
胡服炫冶。

吐出个天堂吗？
修罗别真假。
问我心之所往，

日暮青天下。

静泊鸿溟，

云乡如画。

鸽子桥下

游离于旧石桥下，
寄托儒人的清雅。
月中影，羽扇纶巾，
也道空山别话。

不舍，浸没前朝的烟瓦，
耳畔珠帘稀疏融化。
如斯夫，逆水东流，
也叹古今函夏。

拓 片

昔我先祖，
儿无常父。
醒卧周原，
熠熠黄牙土。

昔我先祖，
衣无常主。
二里悬河，
悠悠桑榆树。

忆我先祖，
哲人远渡。
诸色清流，
离走夕阳路。

惜我先祖，
祥兴易主。
百味生灵，
弹指彤云处。

洗　印

久润诸荷，
不如长梦一歌。
似沙田海熄灭了船灯信号，
安心予我，
守望天外飞蛾。

虚焦烛火，
悸动星雨一颗。
是大帽山擦亮了香江古道，
痴心如我，
流落寒宫素娥。

黄金甬道

繁霜落叶，

六朝残雪，

三百七十庶人，

隐影钟山晓月。

鲜有豪杰，

焉知镠铁，

三五十里城垣，

投影万间宫阙。

忠良血，
断发结，
何谈古今，
秋风谒。

一盅两件

龙芽煮珍馐，
苦草润平喉。
拉腔转调恭老叟，
侃侃醉三秋。

穿云海，卧骑楼，
往来竹叶舟。
隐者何闻天下事，
酣呼不知愁。

沙　漏

造梦者的余光在谷底通行，
任时光机融化了紫色柔情。
日月往来　如梭如影，
一念深海冥冥。

黑白相间的幽灵，
忽暗忽明的笼莺。
飞沙扬砾，
无我顷刻安宁。

拆

花开一瓣，

闻香迷乱。

往来僧侣尘仙，

不知嘉年未满。

隐一座孤城，

撑一纸油伞。

雨打初寒，

聆风犹颤。

流离碎瓦残砖，

不觉星灯璀璨。

穿一座空门，

折一把油伞。

平 行

朦胧那一影狐媚，
曙色同夜光醒醉。
锁衣带于陵峦，
自度高山流水。
飘飘然，
数不尽风的花蕾。

有客梦中来，
话我君之贵。
焚衣带于金銮，

天地仙魔人鬼。

邪乎，

贪食这风的滋味。

雪窗窥夏

高风近，
溢露多销殒。
朝来素叶密层层，
暮里群芳何相印，
雪至人归隐。

高风尽，
黎母当滋润。
流年不度岁寒时，
万株青棕葬红粉，
一窗一混沌。

不明句读

来些更深层的意义，
晦涩诗文无从比拟。
迷心者口若悬河，
虚言妄语好生华丽。

管他个平收仄起，
梦笔生花千夫涎睨。
尊古者敬而远之，
挥落断幅残纸。

触 电

隐上残虹的迷雾，
向暮色天街幽幽哭诉。
雷公震慑那汉月星河，
神鬼妖魔一一降恕。

万众呜呼，
是萨满阴师的庇护。
狂风席卷了泛舟人，
烈火乾坤青山易主。

蜉�蝣王，

诸君速归附。

华丽怎堪眠

消散了廊檐下寒窗灰烬，
弥漫着千山荣陨。
熠熠星辉如故，
环抱回音多生怜悯。

醉上定昏时，
它在杯中翻滚。
话别夕秀无所求，
飞舞半生遗恨。

火树银花，

只此一瞬。

小 店

青稞，老鬼，芜荽粥，
烈马，屠刀，三净肉。
穷街陋巷卷帘门，
叫卖声中疾投宿。

行车落叶桥，
一朽悬铃木。
此间恰似逢春时，
常乐不知足。

海沙效应

刺耳的船笛已然错过，
海浪轻拂夜的云朵。
曾于裂缝中求生，
呼吸之间人海交唾。

这渡轮涌向湮远迷途，
海风不识寒江渔火。
更于深渊下盘桓，
掠影多情而愚懦。

一场虚幻的时光，

一把完美的铁锁。

沙　盘

起重机打破花的宁静，
扬尘缓步于冬青。
遁入侯门之际，
手捧黄金木然前行。
恒河沙数，
雾水残英。

讨一些剩余价值，
堆砌满目疮痍的空城。
任凭那瓮中风雨，
淹没这精美模型。

芸芸众生，

与梦飘零。

无滤镜

揽抱琼山，

稀稀岁暮瀛寰。

行辕无止，

密密乡音纷繁。

心语糅杂，

身姿入禅。

问卜东西陌客，

谁识雾霭真仙。

遥知星中岛，

遗人作思玄。

身在浮世，

心往昔年。

圆 缺

再见我酣眠的地方，
再见那一抹雨巷秋黄。
如是孩童般无限憧憬，
倦目星河对影思量。

徐步空山画舫，
昔日秦淮诗意悠长。
怎堪春晖折柳，
别情自古难忘。

再见我温暖的初阳，

再见这一幕美妙时光。

未湿青衫

褪落银塘故叶飞，
他乡妄境百花魁。
狄人听风雨，
也道今生轮回。

执饮沉香醉，
倦鸟胡不归？
末路狂奔数载，
愈争愈无为。

落笔留白

晨露研金墨，
幽风展书台。
昏黄长卷桑榆景，
走笔乱心怀。

深思朱颜外，
白发愁云开。
小可本为林中士，
何欲沽名来。

花下无彝酒

癫狂着,
向圣海云游,
婆娑尘影难休。
临舷纵目,
昼夜群山浊流。
朱砂拌素酒,
魂落玄丘。

猛回头,
浮光映琼楼。

184

二月春风甚好，

远近梅香天柔。

一痴一醒，

笑卧沉舟。

通灵人

看飞霜一刃，
劈散了潮痕　嚣音震震。
那群重返大地的异路人，
熙熙攘攘　把蓝星封印。

我向触手可及的蒂加登，
抛洒风烟雪粉。
缥缈的水陆之花，
神秘的佛光海蜃，
共享这古老的金色浮尘，
击茶，煮酒，好生滋润。

听翻译家说

勿慌，随我同奏他邦神乐，

扣孤弦悦耳又精确。

吾为汝抒写那断简残篇，

早已洗净了天地混浊，

腾越苍烟，

星辉烁烁。

这换了多彩人间，

怎忘得众生失觉。

情义与契约，

新典和绝学，

正抽打着无字碑文，

摄人心魄。

悬河魅影

罗绮金杯玉搔头，

素影葬花楼。

疏窗余火，

一叶苦寒秋。

自顾焚霜长盼，

血染灵眸。

烽烟洛生咏，

逝水钱塘舟。

三百二十华旦，

绝唱千古离愁。

苍狼吟啸，

欲走还留。

陌路下江人

拆了皇家的夜桥，
朽木向南而漂，
悄无声息，
驱散迷惘的人潮。
屠夫领骚客，
简字作童谣。

忘了旧时纷扰，
斩断那千丝垂髫，
索然无味，

尽把春雨来焚烧。

邪灵读青史，

归心在六朝。

缺氧的风

唤不醒樱花柳树，

催眠这沙洲净土。

行走的枯叶蚊虫，

向黄赤交角，

埋葬了甘霜雨露，

傲慢，无情，超然独处。

缺氧的东风，

愈发撩人而和煦。

沉睡的高级动物，

冰冷的数据库，

永生这黑水浮光，

卧褥香炉，千年不腐。

席地观云

星火田家翁，
辽落远孤蓬。
云乡三山二水，
丝竹弄熏风。
暮霭沉沉，暮霭沉沉，
古寺樱飞未重逢。

躬身读经典，
墨海化鱼虫。
浪迹燕山南北，

孺子不归宗。

静夜深深，静夜深深，

一缕幽香醉泥鸿。

抛 锚

马达声声响，
缆索安然无恙。
云幔夕霏，
向寥落灯影依风傍。

似远非近的天星码头，
幽咽昏山海港。
小轮止于隐隐波光，
别岸离魂空心逝往。

内外镜中人，
无言不相望。
任水没青衫，
淡淡流淌。

碎黄罗

玉带桥头，湟潦畔，
水榭树影雕栏。
星晖河洛，
昔日风雅尽盘桓。

拜冕旒，正衣冠，
魇梦无声踏金銮。
魂追孟元老，
留我绝世江山。

俯首深渊，
遥望中原。

敬缺末笔

青灯黄卷占星纬，

不遇知音人无寐。

残河论古今，

满目群生憔悴。

二千七百风华史，

一任蹉跎烟霞志。

秦语胡言，

道尽君王事。

树贞碑,

观行云流水。

夺贤者名,

避庸者讳。

蒸 发

绝迹荒芜，
夜如初。
疾行之天涯路，
人近高阳徒。

风沙当煮酒，
快意此江湖。
谁能见，平川旷野，
一木一凋枯。

斩飞絮，踏尘途。

惜魂归异处，

风景不殊。

鬼脸含羞

石头城下参禅，
琵琶湖里望山。
水镜千枝暗淡，
遮面百花纷繁。

何曾见烈马狂奔夜夜寒，
刀光血影碎银鞍。
渺渺金陵御道，
落日乌篷船。

越天下净土，
阡陌尘寰。

褪色铭文

尽是些虎狼之躯，
踏破尘霜南乐低徐。
三千锁子甲，
十万铁浮屠，
神来一箭齐鸣呼。

白骨边城绝处，
敬苍生遍野残荼。
云川极目，
杯影围炉，
空空一点余朱。

微缩景观

卧丛林，
西窗掩破琴。
别院风疾人切切，
雾散雨淫淫。

狂夫志，浪客心，
孤云一片落天浔。
山海星河混沌，
雨尽雾沉沉。

豁　口

任寄生虫在淤血里消亡，
溃散的细胞暗自神伤。
留些古老气味，
渗入肌骨不再掩藏。

魂回，魂落，红尘恍恍，
再造个完人天下无双。
吞一口熊熊烈火，
灭度众生，无上清凉。

复 归

粤音袅袅叹深沦，
百叶行舟遥度人。
回川不入海，
一念锁三春。

久梦思乡远，
如梭日月痕。
星移斗转昙花谢，
沉醉香江犹断魂。

越 轴

寥寥数几，
面纱因你而美丽。
即将分离于夜半山头，
随候鸟冲破风的印记。

跑马地的月光，
跳动星河，怅惘不止。
看树影回眸，
难舍我苍凉陌世。

如醉，如迷，

如斯而已。

端阳拾梦

少年，呼啸这蓝色空间，
向轻尘自在盘旋。
仍不知车马劳顿，
刻写春光水月圆。
窗无影，人不见，
碎容颜。

摆弄西风无数，
瑶池半落天边。
在绘满星辰的沙田海，

撑起千帆夜船。

栖身槐梦，

欲醒还眠。

无字云尖

午后静寂时分，
风铃击毁了陋室柴门。
在古老书案的残烟里，
印满庶人的功勋。

向天可汗深深稽首，
昏庸的城主不知所云。

望大厦之极顶，
思北方之流民。

凿金山一寸，
化归土王臣。

又见伶仃洋

豪雨没珠江，
半壁苍黄，
青川逐浪海茫茫。
烟蓑离散，
渔者水云乡。

幻彩伶仃洋，
遗世贞芳，
万山古渡话兴亡。
行歌弥漫，
旅者幽思长。

余 墨

烈日当空，
汗水与墨相融。
手绘竹林万亩，
群豪放纵，
往来蜃云中。

百面囚笼，
行辕闭骨幽宫。
无意寻根问祖，
落笔匆匆，
人去莫重逢。

七味空间

竹影阑珊的帘笼有些诗意，
似南风侵扰了燕京胡地。
游走，这盛夏边缘，
舶来虹光多傲气。
夜鸣啼，
蝉言忧杞。

杳无人迹的街头有些怪异，
向深空抛撒着青春札记。
恍悟，这锈涩香园，

花鸟虫鱼皆遗弃。

踏晨曦，

日月相倚。

雨夜戏勾栏

歌欲停，

童叟不识听，

雨幕菲林皆奇幻，

狂花自飞鸣。

君无意，

却相迎。

话愁城，

乱色靡靡声，

夜雨勾栏人未尽，

狂生不远行。

空留影，

碎无形。

请君入座

冰峰浪游，
沸水行舟。
观无名之大道，
没荒烟之暗流。
野人与家犬，
一吠一回眸。

西风破晓，
呓语将休。
邀群雄酌御酒，

镀金樽化乡愁。

童颜垂鹤发，

鼠尾心中留。

白露行者

野芳没淙潺，
众鸟归云川。
长生罄宇灯无影，
拾味迷魂丸。
霜行草宿，
与尔同餐。

头陀不问道，
老夫心自安。
逍遥醒醉人无影，

凤驿百家禅。

匆匆浪客,

寂寂尘缘。

手术中

勿扰，均已失效，
沉眠的无影灯，
指引佛光来映照。
刺寒床温暖如初，
烛焰晃晃皆奇妙。
粉面含春，
莹魂不老。

大厦里的静眼瞎们，
向无字天书瑟瑟祈祷，

有些惊慌，

有些烦躁。

区区一世轮回，

自有良辰环绕，

忘川头，菩提道。

曝　光

雏鹰擦亮了凶刃，
鸷鸟扑腾这灰色花粉，
独木浮沉，
偷生井月凌空翻滚。
锁一园幽芳，
诸心困顿。

向史前更古时穿行，
万物休眠春风尽，
与子相依，

观炎炎烈日江河倾陨。

赐一座童山，

无人开垦。

小 楼

胡风不过金陵驿，
一缕晨阳一景夕。
相伴烛影西窗，
子父共休戚。

车与马，箫与笛，
帝王州外无人迹。
梦醒高梁河，
钟声渐孤寂。

玻璃瓦

天子送余晖，
白日西颓，
琉璃烟瓦羽叶垂。
历历山川河汉，
阡陌旅人归。

朝尘海，暮莲池，
云露裹青丝。
笑问此生何独宿，
醉上秋凉时。

遗　老

残壶皆在手，
补子新如旧。
躬身泣灵牌，
断发思余丑。

朝夕盼君王，
儿孙齐诵咒。
脚踏圣贤书，
狂言无句读。

小道寻山问归途，
遗梦深宫化老朽。

鬼打墙

惺忪不闻醉貌，
愁云黯然缥缈。
相看重影彷徨，
寐魇失声狞笑。

瀚海弄潮，
风追落日空旋绕。
人倚断桥，
一叶沙洲葬孤岛。

挑　夫

登穹岭，乌烟腾沸，三江水。
拜流云，夕月重生，天为贵。
顿首异度洪崖，
青光横坠。

尘如雪，霜满地，
铁索悬身人不倚。
一览半壁宏图，
行者无意。

易 容

他是你最忠实的观众，
沸反盈天不为所动，
沉甸甸的幕影与风缠绵，
疾走人潮尽欢悚。
路在心中，
追光炫弄。

他是你最珍贵的权宠，
醉生梦死豪情放纵，
明晃晃的刀光刺破暖阳，

天旋地转难自控。

久卧樊笼，

不必相送。

摘　星

孩子放飞了橙色气球，
向夜空最深处尽情遨游。
鲜有醉人烟火，
扑闪云中明亮的眼眸。

待星辰寥落，光影和柔，
环静月自在行舟。
更抛下朦胧的回忆，
荡漾天地尽头。

行人止步

舷窗追影落津桥，
晚来花叶飘。
不觉阴风乱舞，
两重山月遥。
南国蜃景，
江海凄寥。

裁星灯而殉葬，
熄残虹而延烧。
归乡不怀古，

褪色紫荆抚心潮。

斯人何在，

离索今宵。

脱 靶

风向有所不同，
面色异常凝重，
若暗若明，
氧气稀薄飞沙失控。
看不清，
那黑幽幽的弹孔。

制高点上隐隐白虹，
山海为之心动，
若即若离，

猎手争相卖弄。

数不清，

这血淋淋的弹孔。

城门几丈高

一地烟尘追热土，
风起桑榆树。
几张黛瓦白墙，
恋念平安鼓。

江畔掠影稀疏，
往来城垣别处。
登高不畏寒，
沥沥横塘雨。

背包客

山穷水尽，
飞霜夙殒，
人鬼相生血印。
一颗星星永不凋零，
托梦乡间无指引。

露宿风餐，
大地之吻，
不言归途困顿。
一把轻沙往世无存，
苏醒残生皆错认。

石 像

跏趺恶水间，
浊子数流年。
混沌星河渐变，
一呎良田。

为奴二千。
列国去贞贤。
出凡入胜孤风月，
小道已成仙。

垂　直

漂泊在远古星球上，
衰弱不失滋养，
朦胧的花蕾入梦含香，
急与姮娥来分享。
长夜悠悠，
烟波泛漾。

月凌空，
诸神在冥想，
蒙昧的家园陨落生荒，

褪尽初时模样。

苦海茫茫，

隔世相望。

笼中圈

烟花弥散，

四壁清寒，

凝眺镜水依山。

缕缕王棕碎叶，

孤影渔蛮。

人无迹，

佛灯残。

沉吟集句，

此际心安，

一指虚空谁弹。

点点清明月色，

独步云端。

昔往矣，

醉边栏。

重　影

摇红橹，

春江渡，

后影双栖，

屈身独户，

欲远游，

云风怒。

一念四海荒芜，

群香皆作古，

人不知，

逢生绝处。

望香台，

思玄赋，

默语心愁，

行歌迟暮，

似远游，

寻归土。

一梦宦海江湖，

孤烟葬瑶树，

猛回头，

尘寰如故。

阴竹面具

早闻太鼓之声，
云间暮雨倾城。
吟者孤芳自赏，
魂落百味黎烝。

无常失幻境，
转世他邦窃功名。
作别旧时面孔，
隐隐一心惊。

帆

云淡风不轻，
痴人复远行。
扬帆逐夜浪，
海阔天欲明。

穿叠岭，渔翁乐相迎，
回眸乡野雾浊清。
狂饮山中月，
万物渐狰狞。

向 导

厌倦了荒凉的风雪，

凝睇这树影残缺。

塞外等春来，

多少苍狼悲咽。

汝之长囚，

不知雾里水乡、珠泉映月。

登高者，

望穿松柏层叠、归心切。

尚有点点生机，

与子留别。

向南行，

星涌银阙。

堂前游子

万代千秋情义真，
海枯石烂踏遗尘。
金陵古刹求先祖，
好汉长生不长存。

你我皆秦民，
何须惜宋人。
梅香已自黄泉勇，
花落也争春。

登 船

待天明，
雾散雨轻轻。
人归云海不遇，
火轮自空鸣。
遥堤环月，
如是这般长情。
难得冬霜尽，
烈焰惹繁星。

当自在，
逆水独行。

光头街市

是银花击碎了缤纷色彩，
蚊虫与狗沿街叫卖。
衰老的孩童手足无措，
仰望这广阔星辰，坠落香江边塞。

胡言的诅咒飘过深深夜海，
幻作西方迷人的妖怪。
想那永不停歇的霓虹招牌，
对饮青春无奈。

曾几何时，

也是个五彩斑斓的世界。

木 鱼

弥留下江语，
失色金陵文。
树远寒山近，
风高月无神。
早来初霜醉夕景，
疾走渡云轮。

流岚妍歌上，
僧宇拜侯门。
皇天赐法器，
华服锁贫身。

一声自在一生苦，
宗祧无后人。

父辈的烟火

去年烟花特别多，
钟声越铜锣。
窄轨电车穿行无数，
掠影桥下微笑的神婆。

夜朗疏星几颗，
跨维港两岸醉觞歌。
望那遥远的迷离灯塔，
一寸寸填满柔弱的大陆坡。

孩子，我见过这父辈的烟火，

光辉岁月，一梦蹉跎。

积 木

绚丽而多变的穹顶，
逆光飘闪的魔镜，
向自由之声娓娓道来，
俯仰之间碧波万顷。
另一个无我时空，
夕阳如此纯净。

人偶跃门庭，
几弯深幽小径，
挥舞那沉睡多年的幡旗，

瞭望朦胧的边境。

摇摆之中，

留下你碎片般的残影。

冰火皆灿烂

飞船驶过黄赤交角，

在积雨云上悄悄停泊。

昼夜的更替无始无终，

卧星辰隐隐浮烁。

万丈之下，

有露的雕琢。

寻幽恨晚，

入青帘聆曼绰。

四季的烟雨覆裹贞容，

阅人间草野安乐。

百梦之中，

是新的幻觉。

项上无痕

半面贾肖妆，

鹑衣挣揣灵床，

一个声音高高在上，

赐我力量，赐我力量！

劈开我妖艳的心房。

夺金樽，求富贵，

扮红粉，怯阴阳，

长啸今生思愚妄，

还我皮囊，还我皮囊！

吞食我热腾腾的血浆。

刀无影，

事事皆如常。

甲板（一）

暮色悄冥冥，
稀月语轻轻。
一睹唐楼印记，
对望山海无形。

璀璨的梦境，
远方的叮咛。
任他乡永飘逝，
点点光阴无情。

两岸皆终点，

来去亦孤行。

总有芬芳的回忆，

落尽夜雨浮萍。

空之镜，

画里天星。

红云一晃眼，

紫荆渐凋零。

甲板（二）

晚风中飘过，

迷人的烟火，

仍有糊涂的记忆，

坠落天边云朵。

夜空下闪烁，

醉人的灯火，

看这纷繁的世界，

红尘一梦蹉跎。

也许你看过，

有我的烟火，

带着昏黄的回忆，

流落天边云朵。

也许我来过，

有你的灯火，

在这荒芜的世界，

留下空城一座。

甲板（三）

沉默的回音，
静止的航行，
任这海浪漂散，
无忧往事如影。

缥缈的晨星，
远方的牵萦，
任这孤帆漂荡，
如梭时光无影。

摇摆的菲林，
昼夜转不停，
你我栖身维港，
瞭望山海相映。

朦胧的身影，
在甲板上穿行，
依依不舍的脚步，
化作斑斓的梦境。

登高岂畏寒

观绿地明静而宽广，
望灵湖冰冷也惆怅。
孤风醉客船，
几缕清波相撞。
人在低空无处远航，
絮絮前生过往。

寒意争春来，
焚烧我心中信仰。
幻影尘缘，

依稀故人模样。

你撕下泛黄面纱，

沉默阴云之上。

三月十九，故国神游

舷窗越阴云，
缓缓渡阳滨。
满舱朱履客，
他乡做遗民。
谁见过，
那暴风雨中的崖门。

轻舟别雾海，
死马望胡尘。
百年黄粱梦，

鞑虏赐终身。

谁记得，

这伶仃洋里的余温。

古渡望扶桑

笙歌醉秦淮，
夜暖愁云开。
樱雪横塘渡，
西风邪马台。
一年好景不常在，
流光四季埋。

远望天涯路，
昔人画中来。
残垣别春鸟，

孤鸣也自哀。

一念悲欢空流转，

旧梦涌心怀。

寒食酒

月影稀疏落人间，
纱灯缥缈卧寒泉。
夷歌哭四野，
俚曲叹苍天。

祠堂皆破败，
归去无少年。
空空万事何稽首，
一饮冰霜梦祖先。

日出之后

歌鸲早已落满榕枝，

唯有夕月姗姗来迟，

在雨林深处的溪湾里，

流淌醉人的情思。

看日暮之际，

这片山水相依，心旷神怡。

梦长夜难久，

幻景如醉如痴，

他们的容颜逐渐老去，

不留半点哀迷。

当日出之后，

遥见人鬼相依，众生别离。

云洞诒书

少年已知天下事，
何惧妖风唤游子。
手捧长书越琼崖，
悠哉信步斜阳里。

老来无惑自逍遥，
何必人间争斗志。
海之南境踏方舟，
任随天地乱终始。

飘飘五源河

潟湖花间入海，
夜鸟云中低回。
凫水南天胜境，
唤醒无数琼台。

潇洒纵情者，
平生独往来。
自有星河邀知己，
对饮开怀。

静止的初夏

一如既往，

在悬浮颗粒中摇荡，

干枯的垂柳于此长眠，

不求骄阳来滋养。

曾经的花鸟虫鱼，

迷失的少年模样。

随幽光而静止，

跃天河再回望，

神秘的背影重返街头，

高呼风的信仰。

他挺起破碎的胸膛，

淹没这虚焦之像。

断 崖

蚩人方欲行，
狭屋宠儿惊。
手掷酉矛尾，
群魔乐相迎。
西风静，西风静，
暗夜血花飞不停。

孤为流亡客，
岂敢梦天明。
文蛾扑鬼火，

落地一身轻。

东风醒，东风醒，

雾里寻乡归不成。

无影的灯塔

那邮轮渐行渐远，
随西贡码头若隐若现。
你换上耀眼的新装，
把落日余晖轻轻裁剪。

几朵冰冷的浪花，
向深空飞溅。
我登上记忆中的山崖，
满目昏黄碎片。

雾海扁舟，

即将搁浅。

雕　版

野风翻不乱古老的经籍，
艳雪融化了糊涂的回忆。
可知我等身在何方，
抬眼尽是宏伟的功绩。

来时的小径幽幽冥冥，
愚人封锁了前朝的消息。
几片黑云飞舞长空，
木然吹响那刺耳的胡笛。

破庙行

我自深冬向南去，
不知盛夏风和雨。
黄昏掩没心愁，
何已乱思绪。

眼前一道光，
落叶燃净土。
明日天地永恒，
花残人如故。

化 石

不过青春的遗嘱，
似冰与火重生的花束。
在萧瑟空灵的烟雨中，
光彩夺目。

看破那山海化星辰，
游离这仙居登炎陆。
罡风抛下失意的君臣，
向无常之境，一一放逐。

快 门

天地未明时，
夜雨纷飞不止。
恍若隔世的桂川，
似曾相识的文字。
重重鸟居，
岁月更始。

我随意念云游这里，
徜徉阔别多年的岚山雾气。
心醉的游人默默穿行，

寻归远去的千载华丽。

古乐低回，

生生不已。

化　缘

神秘的大门不常开，

无数金身踏破点点青苔。

木然前行的脚步，

似幻似真的长阶。

想那光明寺里的孤魂野鬼，

无牵无挂，放浪形骸。

我错过琉璃光院的四时景，

无意感动这他乡情怀。

一池唐人的色彩，

诉说未来的未来。

看那洛阳城外的孤独行者，

无依无靠，躬身自哀。

又见松永君

一炉雪粉一缕香，
暮色无声映茶房。
竹门观异客，
把盏戏金汤。

重逢雪之下，
吴服卧禅堂。
或与清风谈过往，
山川明月忆汉唐。

木 偶

一睁眼，
生死不相见。
呆滞神情，
亦显疲倦。

看舞台帷幕缓缓拉开，
扔下我曾经糊涂的思恋。
在笑语中翻腾，
在回音里重现。

铁丝编织我最后的家园，

宛若延长了生命之线。

人们开始静静欣赏，

无聊、无趣，也无声的表演。

镜中有个陌生人

那双眼盯了我很久，
面目狰狞无比丑陋。
迷离的夜光消散窗前，
一行冥文歪歪扭扭。
彷徨之际，
失控的身躯瑟瑟发抖。

他环视四周，
向我举起溃烂的双手。
阵阵阴风，

袭来前生的诅咒。

在黎明之前
我早已悄声远走。
往事再无丁点残留，
只剩人间一片腐臭。

教授来了

他翻开蓝色封面的千年古籍，

环视这高大的礼堂座无虚席。

达官、商贾与名媛，

静听庸师漫语，刻苦研习。

孜孜无倦，

昼夜不息。

他高唱刺耳的夷歌，

向落日西方深情追忆。

虔诚的学子心生敬畏，

似中邪一般莫名抽泣。

男女老少，

惺惺相惜。

自度遗人曲

残河远迷岸，
夕月近荒村。
往世繁花犹在，
乍然雨雪纷纷。
早知亡臣遗曲难觅，
不晓琴弦断续谁闻。

踏幽幽古道，
阡陌浮尘。
引凡间余梦，

天地归真。

向南去，

寻得桃源圣土，

摇曳心魂。

乙亥　怡海　遗骸

在人潮涌动的连廊，
在霓虹闪烁的橱窗，
在涛声拂梦的南海，
在明珠夺目的东方。

看小轮唤醒了晨阳，
看灯塔褪尽了红装，
看"叮叮"划破了古老街巷，
看"草蜢"撕咬着旧日祠堂。

310

任乌云追赶着夜雨，
任阴风抚慰着寒江，
任伏魔吞噬着城寨，
任鬼火熄灭了花墙。

是梦魇的孤影，
是遗子的忧伤，
是西元二〇一九……
那个永远回不去的香港。

垂死的狮子

垂垂老矣，

再无丁点傲气，

当闪电劈碎了纯洁盛装，

新的主人传来野蛮的旨意。

看眼前　那晨光初现的地方，

更多的红色猛兽即将狂奔于此，

一声咆哮，

告别这千层浊世。

便在山顶最高处向死而生，

生无可恋，心如刀刺。

安息吧，

你这倒霉的狮子。

图书在版编目（CIP）数据

都梁的星空 / 成思著. -- 北京：作家出版社，
2024.12. -- ISBN 978-7-5212-3217-2

Ⅰ. I227

中国国家版本馆 CIP 数据核字第 20249LA720 号

都梁的星空

作　　者：	成　思
封面题字：	管　峻
责任编辑：	桑　桑
装帧设计：	孙惟静
出版发行：	作家出版社有限公司
社　　址：	北京农展馆南里 10 号　　邮　　编：100125
电话传真：	86-10-65067186（发行中心）
	86-10-65004079（总编室）
E-mail:	zuojia@zuojia.net.cn
	http://www.zuojiachubanshe.com
印　　刷：	北京盛通印刷股份有限公司
成品尺寸：	130×185
字　　数：	79 千
印　　张：	10.375
版　　次：	2024 年 12 月第 1 版
印　　次：	2024 年 12 月第 1 次印刷
ISBN	978-7-5212-3217-2
定　　价：	60.00 元